U0941568

浪花朵朵

如果我可以许个愿

[瑞士] 弗兰茨·霍勒尔 文
[德] 罗特劳特·苏珊娜·贝尔纳 图　任庆莉 译

芭芭拉不开心。

她上小学二年级了。
她的主课成绩不太好，
算术不好，阅读不好，
字写得也不好。
甚至一些不那么重要的科目，
她的成绩也不好。
做体操时，她动作慢；
画画课上，她画的房子是歪的；
音乐方面，她唱歌跑调。

她也不愿意照镜子，
因为她觉得别的女孩都比她漂亮，
而且她们有很多女生朋友。
她根本就没有女生朋友，
男孩们私下议论的，
也总是其他的女孩子，
从来不提她。
芭芭拉有时会想，
如果我可以许个愿，
那我希望我看上去像一个公主，
在学校里是最棒的女孩。

4 + 8 =

突然间，

芭芭拉时来运转了！

一天夜里，

她醒了，

当她伸手想要拉开

床头柜上的台灯时，

她发现在台灯的位置上，

站着一只小精灵。

她几乎全身透明，

有着轻盈的翅膀，

身体由内向外闪着光芒。

芭芭拉吓得坐了起来，

双手紧紧抓住被子。

“你是谁啊？”

她开口问。

“我是精灵啊。”

小精灵说，

“我可以满足你一个愿望。”

“真的吗？！”芭芭拉高兴地说，“我希望……”

“想好了再说。”小精灵说。

芭芭拉不需要考虑太久。

“我想要一双蓝颜色的鞋子。”她说。

就在这一天，芭芭拉的妈妈刚给她买了一双鞋，但不是她希望的蓝颜色，而是很普通的棕色。

芭芭拉很失望，她连那个鞋盒都没打开。

“如你所愿。”小精灵说完就消失了。

芭芭拉太兴奋了，她很长一段时间都没能睡着。

第二天早晨，芭芭拉做的第一件事就是打开那个鞋盒，她看到里面有一双非常漂亮的蓝颜色的鞋子。

“一定是店员搞错了。”妈妈说。

尽管如此，她还是允许芭芭拉留下了这双鞋。

在学校，芭芭拉总是不明白，
其他同学为什么能够那么快地计算，
她对自己很生气。
她心想，我为什么没和小精灵说
我希望在学校做最好的学生呢？
在课间休息，
她和同学玩“老鹰捉小鸡”时，
穿了蓝色鞋子的她跑得很快，
以至于他们班跑得最快的孩子
埃里克来问她：我们一起跑，好吗？
他们俩跑得很快，没有人能抓住他们。
芭芭拉很高兴。
但在之后的语文课上，
芭芭拉把“土豆”读成了“土透”，
全班同学都笑了起来。
这时她又想到，
当小精灵问她的愿望时，
她为什么那么笨，
只说想要一双蓝颜色的鞋子。

每当芭芭拉穿上蓝色鞋子，她就能跑得很快，没人能赶上她。

埃里克有时会在放学时等她一起回家，因为他们有一段回家

的路是相同的。芭芭拉也很高兴。

一段时间之后，芭芭拉渐渐忘记了蓝颜色的鞋子是哪里来的。

一天夜里，

当她醒来，要开灯时，

看见小精灵又站在了床头柜台灯的位置上。芭芭拉很是惊喜。

“哇，太棒了，你又来了！”

芭芭拉大喊。

“是啊，”小精灵说，

“你又可以许个愿了。”

“我已经想好了，”

芭芭拉匆忙地回答，

“我的愿望是……”

“想好了再说。”

小精灵说。

“我想要一支红色的圆珠笔！”

芭芭拉大声说。

就在这一天，

芭芭拉的妈妈刚给她买了支圆珠笔，但不是她希望的红颜色的，而是很普通的黑色的。

芭芭拉很失望，她连那支圆珠笔的包装都没打开。

“如你所愿。”小精灵说完就消失了。

芭芭拉太兴奋了，她很长一段时间都没能睡着。

第二天早晨，

芭芭拉打开那支圆珠笔的包装，

她看到里面有一支非常漂亮的红色圆珠笔。

“一定是店员搞错了。”妈妈说。

尽管如此，

她还是允许芭芭拉

留下了这支圆珠笔。

在学校，其他的同学做算术题，都非常快，芭芭拉对自己很生气。她心想，我为什么没和小精灵说我要成为班里最好的学生呢？但是，在下一节语文课的时候，当她用红色圆珠笔抄写课文时，她感觉从来没有完成得如此顺利。芭芭拉很快就做完了作业，没有任何错误，字体非常漂亮，以至于没人能够认出来是芭芭拉的手笔。

老师表扬了她，芭芭拉也很自豪。
她也不明白，为什么之前写字对她来说那么难。
从现在开始，她只用这支红色圆珠笔写字，
她不会再犯错了。
在一次英语听写的时候，
她小声地对坐在她旁边的安娜说，
她拼写的“名字”一词有错，
应该是“name”，而不是“nahme”。
放学时，安娜也在等她了。

现在他们三个人一起走，埃里克、安娜和芭芭拉。

现在芭芭拉可以正确地写字，很快她也能很好地阅读。

她渐渐地忘记了，

这支红色的圆珠笔是哪里来的。

一天夜里，
当她醒来时，看见小精灵
又站在了床头柜台灯的位置上，
芭芭拉几乎不相信自己的眼睛。
“哇，真是太棒了！
我以为你不会再来了。”
芭芭拉大声说。
“今天是我最后一次来，”
小精灵回答说，
“所以你一定要考虑好，
你想许什么愿。”
“我知道，我知道。”
芭芭拉迫不及待地说，
“我的愿望是……”
“是什么？”小精灵问道，
“记住了，这第三个愿
望是最后一个了。”
芭芭拉停顿了片刻，
她在想，一直以来她
的愿望到底是什么。

但是，无论她怎么绞尽脑汁，她能想到的，
不过就是她今天在橱窗里看到的东西。
“我想要一只鹦鹉！”她说。
“如你所愿。”小精灵轻声地叹息，“祝你一切顺利！”
说完她就消失了。
芭芭拉非常兴奋，一直到天快亮时，她才睡着。

一大清早，门铃就响了，邮递员抱着一个大盒子站在门口。
盒子上有很多的小洞。
“芭芭拉是住在这里吗？”他问。
“是的，”芭芭拉大声说，“是的，我是芭芭拉。”
“你的包裹，”邮递员说，“快件。”
他把大盒子放在过道，然后走下楼梯。

盒子上写着：“比赛的获胜者”。

芭芭拉和妈妈一起打开盒子，看到了一个鸟笼，里面站着一只漂亮的鹦鹉，它翅膀上的羽毛是红色、黄色和蓝色的。

“早上好！美丽的女士们。”

鹦鹉向芭芭拉和芭芭拉的妈妈问好，然后欢快地唱了起来，“醒醒啦，醒醒啦，公鸡都打鸣啦！”

妈妈摇了摇脑袋，问：“那是个什么比赛啊？”

芭芭拉还没来得及回答，鹦鹉抢答道：“一个画画的比赛！”

妈妈接着问：“什么样的画画比赛？”她还是没有完全明白是怎么回事。

幸好鹦鹉知道该如何回答，它说：“这个画画比赛就是画你最喜欢的动物。我就是你们最喜欢的动物啊！”

“但是，芭芭拉，”妈妈说，“我们可不能养一只鹦鹉当宠物啊。”

“为什么不可以？”芭芭拉和鹦鹉同时问。

鹦鹉接着说：“我很喜欢你们啊。”

不等妈妈说什么，鹦鹉提高了嗓门说：“我叫卡尔。”

它歪着脑袋，从下向上地打量芭芭拉的妈妈。

妈妈深呼一口气，说道：

“那好吧！”

芭芭拉和鹦鹉

兴奋地欢呼起来。

芭芭拉把鸟笼

放在衣帽架旁的

小桌子上，

卡尔马上就唱了起来：

“我的帽子，

它有三只角。”

很奇怪，
这支歌正巧是今天学校里要唱的，
老师很惊讶，
芭芭拉竟然能在同学们面前
把这支歌唱得那么好，
一点儿错都没有。
“你怎么突然之间能唱得这么好啊？”
老师问。芭芭拉就给同学们讲了她
有了一只鹦鹉的故事。

同学们让芭芭拉把鹦鹉带到学校里来。
第二天，安娜和埃里克去芭芭拉家，
三个人一起把鹦鹉抬到了学校。
鹦鹉给大家唱《树林里有一个小男孩》，
孩子们不停地为鹦鹉鼓掌，
鹦鹉又唱了一首
《所有的鸟儿欢聚一堂》，
全班同学都跟着唱了起来。
芭芭拉跟鹦鹉卡尔
学会了很多歌，
她再也不会跑调了。

从此以后，芭芭拉被允许每个月带鹦鹉去一次学校，

同学们都早早地期盼着这一天。

他们轮流去接送鹦鹉，把它从鸟笼里放出来。芭芭拉渐渐地和所有的同学都成了好朋友，大家一起去上学。

妈妈慢慢地也对鹦鹉有了好感，鹦鹉也越来越喜欢妈妈。

每天早晨，鹦鹉都对她和芭芭拉说：“早上好！美丽的女士们。”

然后大声地唱起歌来。

事实是，妈妈和芭芭拉越来越美丽了。

芭芭拉长大了，一段时间以后，她发现自己不再不开心了，

她现在也愿意照镜子了。

她把那支红色圆珠笔送给了安娜，因为她发现，她用别的颜色的圆珠笔写字也不会再出错。

那双蓝颜色的鞋子变小了，但是她穿别的鞋，也一样能跑得很快。

只是算术她做得还不是很好，

但是一个人不可能什么都好啊，不是吗？

作者简介：

汉娜 · 约翰森：1939 年生于德国不来梅，在马堡和哥廷根攻读德国文学、古典哲学和教育学，现定居于邻近瑞士苏黎世的吉锡贝格。1983 年起开始创作儿童故事，作品因蕴藏人生哲理，屡获“瑞士最美丽图画书奖”“瑞士青少年文学奖”“奥地利儿童书奖”“博洛尼亚国际儿童书展最佳选书”等大奖，被译成十多种语言发行。

绘者简介：

罗特劳特 · 苏珊娜 · 贝尔纳：1948 年出生于德国斯图加特。德国家喻户晓的童书作家与插画家，累计为 80 多本童书画过插图，为 800 多本书画过封面。她的作品深受各国儿童喜爱，获得多项儿童文学大奖。

1996 年，她绘制插图的《当世界年纪还小的时候》获得德国青少年文学奖、瑞士青少年文学奖。《春夏秋冬》系列绘本 2004 年在奥地利获得“世界最美图书”奖。2016 年，她与中国作家曹文轩一同荣获国际安徒生大奖。

她与瑞士作家汉娜 · 约翰森联手创作的《脚鱼》最早于 1995 年出版，影响了一代又一代德国孩子的童年，被评价为“一本认真对待孩子，让幻想来说话的书。”

译者简介：

任庆莉：1982 年毕业于北京大学西语系，1990 年留学德国，现旅居德国，从事翻译与版权代理工作。译著有《冻僵的王子》《动物会议》《安东的故事》《小水精》《谁厉害？》《好先生艾利希》《哥本哈根没有猫》等。

国际安徒生奖是儿童文学的最高荣誉，被誉为“儿童文学的诺贝尔奖”。由国际少年儿童读物联盟于 1956 年设立，由丹麦女王玛格丽特二世赞助，以童话大师安徒生的名字命名，每两年评选一次。国际安徒生奖为作家奖与插画家奖，一生只能获得一次，表彰的是该作家与插画家一生的造诣和建树。

2016 年，德国插画家罗特劳特 · 苏珊娜 · 贝尔纳与中国作家曹文轩分别获得国际安徒生大奖插画奖与文学奖。

国际安徒生大奖组委会对罗特劳特 · 苏珊娜 · 贝尔纳授予的颁奖词是：苏珊娜 · 贝尔纳的作品一直以来有鲜明的个人风格，她乐意在创作上冒险探索。她的书可以如此幽默有趣，又能深深打动人，而且她并不惧于展现生活的黑暗一面。

浪花朵朵童书有幸出版安徒生插画奖得主苏珊娜 · 贝尔纳系列作品，并且邀请到翻译名家任庆莉与梅竹老师翻译。希望她作品中的哲思和童心，可以走进更多中国孩子的童年。

——后浪出版公司 · 浪花朵朵童书会

图书在版编目（CIP）数据

如果我可以许个愿 /（瑞士）弗兰茨·霍勒尔文；（德）罗特劳特·苏珊娜·贝尔纳图；任庆莉译；浪花朵朵童书编译. --北京：北京联合出版公司，2018.5（2020.4重印）

ISBN 978-7-5596-0938-0

Ⅰ.①如… Ⅱ.①弗… ②罗… ③任… ④浪… Ⅲ.①儿童故事—图画故事—瑞士—现代 Ⅳ.①I522.85

中国版本图书馆CIP数据核字（2017）第214922号

Title of the original German edition:
Author: Franz Hohler
Illustrator: Rotraut Susanne Berner
Title: Wenn ich mir etwas w ü nschen könnte

如果我可以许个愿

著　者：[瑞士] 弗兰茨·霍勒尔 文　[德] 罗特劳特·苏珊娜·贝尔纳 图
译　者：任庆莉
编　译：浪花朵朵童书

筹划出版：银杏树下
出版统筹：吴兴元
责任编辑：熊　娟
特约编辑：李茵豆　梁　燕
营销推广：ONEBOOK
装帧制造：墨白空间·闫献龙
出版发行：北京联合出版公司出版
（北京市西城区德外大街 83 号 9 层 100088）
印　刷：北京盛通印刷股份有限公司
经　销：新华书店
开　本：889 毫米 × 1194 毫米　1/16
印　张：2.5
字　数：4 千字
版　次：2018 年 5 月第 1 版
印　次：2020 年 4 月第 2 次印刷
书　号：ISBN 978-7-5596-0938-0
定　价：42.00 元

读者服务：reader@hinabook.com 188-1142-1266
投稿服务：onebook@hinabook.com 133-6631-2326
直销服务：buy@hinabook.com 133-6657-3072
官方微博：@ 浪花朵朵童书

后浪出版咨询(北京)有限责任公司 常年法律顾问：北京大成律师事务所　周天晖 copyright@hinabook.com

本书若有质量问题，请与本公司图书销售中心联系调换。电话：010-64010019